목견

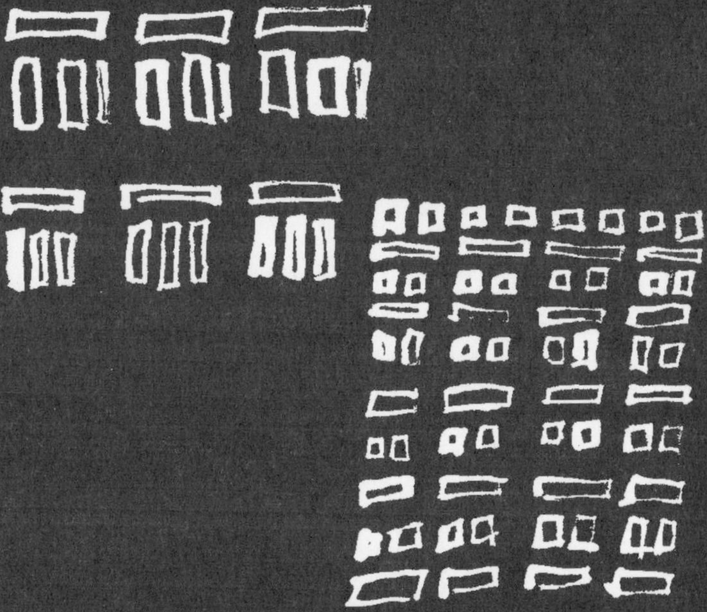

목견

임현 글×김혜리 그림

미메시스

차례

*

사람들이요, 다들 이상한 것 같아요. 화가 나 있다고 할까, 억울해한다고 할까, 아무것도 아닌 일에 진지해져서 시비를 겁니다. 문제는 그걸 다 나한테 한다는 거예요. 나는 사람을 불편하게 만드는 타입이 아닙니다. 그런 상황을 처음부터 만들지 말자는 쪽에 더 가깝거든요. 도대체 그게 뭐가 잘못됐다는 건지 모르겠습니다만 이런 것에도 화를 내는 사람이 있더란 말입니다.

「묻는 말에 그렇게 다 긍정하지 마. 고개 좀 과하게 끄덕이지 말라고.」

나는 그렇거든요, 사람들이 하는 말을 가만 듣다 보면 그게 다 맞는 말 같고 틀리지가 않다니까요. 각자 나름대로 이유가 있어서 그러는가 싶어서 그렇다고 했을 뿐인데 내가 뭘 잘못한 걸까요. 잘못을 모르는 게 잘못인가. 화를 내고 싶은데 하필 내가 보이니까 그러는 건가. 실은 나한테 화를 낸 게 아닐지 몰라. 그런데 그렇게 말한 사람이 누구였더라. 누군데 함부로 내게 그런 말을 하나. 이런 생각을 하다 보면 나는 또 피곤해져서 가장 화를 내야 할 사람은 나다, 내가 가장 억울하다, 진지해지거든요. 그런데도 나는 풀 데가 없어요. 그걸 다 나 혼자 해야 합니다. 한번은 이런 일도 있었습니다. 침구류 코너에서였는데 고객 한 분이 나를 부르는 겁니다. 처음에는 그게 나인지도 몰랐어요. 이봐요, 저기 아저씨, 부르는데 그게 어떻게 난 줄 압니까. 매장 안이 이렇게 넓고 아저씨는 또 얼마나 많은데. 주방 용품 쪽 상품을 내려 주고 돌아가던 참이었습니다. 그 아주머니가 나를 보면서 그래요. 왜 부르는데 대답을 안 하느냐, 겨울 이불은 더 어디에 있느냐, 하고요. 아무리 둘러보아도 다른 직원들은 보이지 않았습니다. 매장 안의 사정은 나도 잘 몰라요. 창고에서 부족한 것을 옮겨 주기만 했을 뿐 그걸 어디에 진열하는지 나는 모릅니다. 그런데도 아무도 없고 찾는 게 보이지 않으니까 그걸 계속 나한테만 묻는 겁니다.

「남색, 이런 거 남색은 없어요?」

진열대에 물건들이 이렇게 많은데 굳이 남색만 고집하는 사람을 나는 도무지 이해할 수 없습니다. 사람이 참 까다롭다고 할까. 나랑 너무 달라요. 내 경우엔 있는 것을 입고 포만감이 드는 메뉴를 고르는 편인데 그런 부류가 지극히 나라는 사람을 가리키거든요. 가장 싼 것, 가장 비싼 것, 저렴한 것 중에 비교적 좋은 것을 물었다면 아마 달랐을 텐데. 중요한 것은 대개가 비용으로 결정된다고 믿습니다. 선택을 하는 쪽에서 보자면 그것은 아주 효율적인 기준이 된다고 말이에요. 적당한 가격선을 결정한 뒤에 가능성을 줄여 가는 것을 편하게 생각합니다. 나는 그런 것에 길들여진 사람인데도 그걸 자꾸 내게 물어요. 파랑 계통에 명도가 비교적 어두운 색깔. 그것을 원한다고 말입니다. 매장 안은 환했고 보는 눈이 많았습니다. 친절하지 않다고

항의라도 받는다면 곤란한 상황이었습니다. 아직 아주머니가 보지 못했을 높은 쪽 선반에서 몇 가지 비슷한 종류의 상품들을 골라 추천했습니다. 그런데도 하나도 마음에 들어 하지 않고 그것 모두 원하는 색깔과는 너무 다르다는 것이 아니겠습니까.

「이봐요, 그건 너무 보라색이잖아요.」

지금 생각해 보면 조금 신기하기도 합니다. 그날은 아무리 둘러보아도 매장에 다른 직원이라고는 하나도 보이지 않았습니다. 마트 로고가 박힌 빨간 조끼를 입고 있잖아요. 그게 우리 물류팀과는 엄연히 다른데도 그 사람은 어떻게 나를 알아본 걸까요. 내가 여기 직원인 걸 어떻게 알았을까요. 그 아주머니가 내게 화를 냈습니다. 남색은 남색, 보라는 보라. 그걸 왜 다 나한테 그런답니까. 그런데요 선생님, 남색이라는 게 또 그렇습니다. 보라색으로 보이기도 하고 그런 것 아닙니까. 남색이라고 하면 남색으로 보이고 보라로 부르면 또 그렇게 보이기도 하는, 그런 것이지 않습니까. 그런데도 그 아주머니는 확신에 찬 목소리로 나를 다그쳤던 겁니다. 당신은 틀렸다. 내가 보는 것이 옳다. 옳은 것을 나는 본다.

어쩌면 화를 낸 게 아닐지 몰라요. 목소리가 큰 사람들은 자주 그런 오해를 받잖아요. 아니, 정말 화를 냈다고 하더라도 꼭 나를 두고 그런 건 아닐 겁니다. 다른 사람이어도 그랬겠지요. 그냥 그런 사람들이 있습니다. 무언가 매사에 짜증이 나 있는 사람들. 그런 사람을 만났다는 건 재수가 없을 뿐 꼭 내가 뭘 잘못한 건 아니잖아요. 그러니까 괜히 그런 일에 기분 상해할 필요가 없다는 말입니다. 내가 지나치게 예민해진 탓인지도 모르겠습니다. 그즈음 나는 머리를 다쳤거든요. 새로 입고된 물건들을 화물차에서 내리던 중이었는데 물류 담당 매니저가 앞에서 미끄러졌다가 나도 따라 굴렀던 겁니다. 상태가 아주 심각한 것은 아니었습니다. 가벼운 뇌진탕이라고 했고 정수리 쪽으로 작게 흉터가 남았습니다. 이후로 머리를 감거나 빗을 때마다 자꾸 그곳 주변을 만져 버릇하게 되더군요. 고르지 않고 도드라진 감촉이 느껴지는 것이 사람을 집중하게 만들었습니다. 한번 시작하면 좀처럼 멈추기 어려웠습니다. 나중에는 수시로 손이 갔습니다. 덧나거나 감염될 것을 염

려하여 참은 적도 여러 번이었으나 어느 순간이 지나면 다시 손을 댔습니다. 흉터를 따라 가만가만 문지르다 보면 온전해지는 기분이었습니다. 흔들리거나 덜컹거리는 것 없이 차분해졌습니다. 가로로 뻗어 엄지손톱만큼 넓었으나 실제로 그러한지 눈으로 확인할 수는 없었습니다. 거울에 비추면 교묘하게 시야를 벗어난 자리였는데 하루는 어머니에게도 그것을 보여 주었습니다. 빨래를 개다가 어머니가 먼저 말을 꺼낸 날이었습니다.

「꿈에, 자꾸 네 아버지가 나오잖니. 뭐라고 뭐라고 하는데 하도 차림이 궁색하고 그래서 요즘 그런 꼴을 하고 돌아다니느냐 어디 불편한 데라도 있느냐 당신이 그러면 사람들이 내 욕을 한다, 뭐 이런저런 잔소리만 늘어놓다가 깨는 거지. 내가 너무 야박했나 싶어서 마음이 안 좋다가도 도대체 그 양반이 뭐라고 했는지 궁금해서 하루 종일 일이 손에 안 잡혀. 다음에 만나면 꼭 물어봐야지 했는데 다시 나타나면 영락없이 그런 몰골이라 또 한바탕 싫은 소리를 해대다가, 잠깐만 어디 봐라. 그거 아직 덜 마른 거 아니냐?」

내 몫의 티셔츠를 끌어가 이리저리 둘러보더니 어머니는 가로로 한 번 세로로 두 번 개어 빨래를 쌓았습니다.

「사람이 꼭 그렇잖아. 그게 뭐 이렇다 할 소리라도 하면 나을 텐데 자꾸 주변에서 그러기만 하고, 거기까지 가서도 그렇게 괴롭히면 내가 뭐가 되겠어. 사람이 어디 살겠냐고, 불길해서.」

그러고는 하나같이 가로로 한 번 세로로 두 번 갠 빨래 중 하나를 집어 얼굴을 묻더니 서럽게 울기 시작했습니다. 아버지는 왜 어머니 꿈에만 나오는 걸까. 나라면 아버지의 말을 먼저 들어줄 것도 같은데. 묻는 말에도 답이 없던 사람이 꿈에서까지 나타나 하려는 소리라면 꽤나 중요한 거 아닌가. 한편으로는 서운했고, 진짜 중요한 말이라면 아무래도 어머니에게 하는 편이 좀 더 나을 것 같기도 했습니다. 부탁이라도 한다면 부담스러웠기 때문입니다. 그런 생각 때문에 명치가 무거워졌습니다. 뜨거운 무언가를 쏟지 않으려고 나는 겨우 버텼습니다. 그 순간 열이 오른 두피가 간지럽더군요. 긁적였고 집중하다 보니 마음이 가라앉았습니다. 무심코 어머니에게도 이런 게 있다면 좋을 거라고 나는 생각했습니다. 모조리 다 잊어버리고 빠져들 만한 어떤 게 있기를 바랐습니다. 아니라면 매일 저러고 어떻게 사나, 걱정이 되더군요.

아버지가 돌아가시고 어머니는 돌발적인 사람이 되었습니다. 함께 텔레비전을 보다가 난데없이 〈뭐라고? 방금 뭐라고 그러지 않았어?〉 묻는다거나, 새벽부터 집 안의 그릇들을 모두 꺼내 설거지를 한다거나, 집에 돌아온 나를 향해 〈당신이에요?〉 부르고는 화들짝 놀란 적도 여러 번이었습니다. 간이 맞지 않는 찌개를 내놓아 곤혹스럽게 만든 적도 있었습니다. 너무 짜다고 불평하자 〈그러냐, 너무 짜냐?〉 하더니 숟가락을 입에 문 자세 그대로 울어 버렸던 것입니다. 혼자 있는 어머니를 생각하면 나는 더욱 힘에 부칩니다. 도대체 무얼 하고 있을지 예측할 수가 없거든요. 실은 예측 가능한 어떤 일이 벌어질까 봐 더 두렵습니다. 언젠가는 매듭이 풀리지 않은 비닐 봉투를 두고 한바탕 씨름을 벌이는 것을 지켜본 적이 있습니다. 그것을 말리거나 도울 생각도 않고 나는 가만 두고 보았습니다. 비닐 속에는 다른 비닐들이 가득 담겨 있었습니다. 무언가를 담아 왔다가 버리기는 아깝고 필요할 때 다시 꺼내 쓰려고 모아 둔 것이었습니다. 매번 많았고 부족하지 않았습니다. 겨우 그런 것을 담아 두었을 뿐인데 안간힘을 쓰는 어머니를 나는 내버려 두었습니다. 그 순간 어머니에게만큼은 지극히 중요한 일이 될 수도 있다고 생각했기 때문입니다. 골똘하게 시간을 죽일 만한 어떤 것 말입니다.

마른 빨래를 도로 적시는 어머니를 향해 나는 정수리를 기울였습니다. 그러고는 손을 끌어와 내 머리 위에 얹어 놓은 뒤 느껴지지 않느냐고 물었습니다. 오돌토돌하고 손톱만 한 그것을 만지고 있으면 기분이 참 묘하다고.

「너까지 또 왜 이러니?」

소스라치게 놀란 어머니가 묻더군요.

「어디가 안 좋아서 자꾸 그래? 도대체 여기 뭐가 있다고?」

울음도 그치고 과하게 내 머리통을 이리저리 굴려 보았습니다.

어떻습니까. 선생님 눈에는 이것이 어떻게 보입니까.

처음에는 분명하게 도드라졌던 자리가 지금은 제법 밋밋해져 버렸습니다만, 그러나 그것은 정도의 차이일 뿐 무언가 느껴진다는 것은 여전한데도 내 어머니는 그런 게 전혀 없다고만 합니다. 정말 없습니까. 만지면 여전히 느껴지는데 정말 보이지 않습니까. 그러니까 아무래도 이것 때문이었나, 싶은 겁니다. 너무 오래 손을 타서 그런 게 아닌가. 그런 이유로 내 머리가 이상해진 것이 아닌가. 나는 평범한 사람이 아닙니다. 장애가 있습니다. 머리를 다쳐서인지 이후에 흉터를 다루던 나의 버릇 때문인지는 모르겠으나 보이는 것을 그대로 보지 못합니다. 눈앞에 있는 선생님을 볼 수 없다는 말이 아닙니다. 선생님이 보는 걸 나도 똑같이 보는데도 그것을 도무지 믿을 수가 없다는 겁니다. 내 말을 이해할 수 있습니까.

그렇다면 이걸 보세요. 사진 속의 이것들을 선생님은 무엇으로 부릅니까. 하나는 개, 다른 하나는 고양이입니까. 그렇다면 이것도 보세요. 이것은 무엇입니까. 이것을 어떻게 나누어 부릅니까. 황당하게 들리겠지만, 나는 둘을 구분하지 못합니다. 개는 개, 고양이는 고양이라고 아

무리 설득한다고 하더라도 나는 이해할 수 없습니다. 그것은 배워서 되는 일이 아니잖아요. 개라는 것이 무엇입니까. 다리가 네 개고 꼬리가 길고 털이 복슬거리는 그것이 고양이와는 어떻게 다릅니까. 내게 그것을 설명할 수 있습니까.

*

아버지가 돌아가시고 사람들이 찾아왔습니다. 장례 비용 일체를 지원하겠다고 나선 것도 그 사람들이었습니다. 내 아버지는 경찰 조사를 받던 중에 돌아가셨습니다. 점유이탈물횡령죄. 그런 죄목으로 아버지를 지목한 것이 바로 그 사람들이었습니다. 아버지가 경비로 일하던 아파트의 주민들이었습니다.

「뭐라?」

밤늦게 집으로 찾아온 여자를 향해 아버지는 그렇게 되물었습니다. 여자가 다시 설명했습니다.

「가방요, 어제 그걸 들고 가시는 걸 봤다고 하더라고요.」

선생님께서도 그때 그 여자의 목소리를 들었다면 바로 알아챌 수 있었을 겁니다. 하더라고요, 하는 그 말 뒤에 숨긴 미안한 기색을요. 직접 본 것도 아니고 보았다고 하더라, 했습니다. 나는 옆에서 함께 그 말을 듣고 있었는데 그 여자도 확신하지 못한다고 생각했습니다. 아무런 물증도 없이 다만 남의 말만 믿고 아버지를 모함하고 있다고요. 그러나 나는 압니다. 맹세코 남의 물건에 손을 댈 사람이 못 됩니다. 그렇게 내 아버지를 변호했습니다.

「네, 알지요. 저도 그런 분이 아니라고 생각해요. 우리 아이들한테 얼마나 잘해 주시는데요. 아시죠? 12층 쌍둥이, 아홉 살. 쌍둥이라 남들보다 뭐든 두 배예요. 두 배로 뛰고 두 배로 싸우고. 한번은 혼을 내서 쫓아낸 적이 있는데 정말로 그럴 생각은 아니고 홧김에 나가, 나가서 싸워라 했던 거지요. 애들이 그래요. 금방금방 바뀌거든요. 방금까지 싸웠다가 또 서로 편을 들고 그러거든요. 언제 그랬냐는 듯이 풀어지고 다시 놀고 그런다니까요. 그런데 그날은 한참이 지나도록 들어오질 않는 겁니다. 걱정이 되는 마음에 찾아 나섰는데 그 녀석들이 어디 있었는 줄 아세요? 경비실에요. 눈물을 뚝뚝 흘리면서 서로 미안하다, 내가 더 잘못했다, 그러고 있는 거예요. 무슨 말을 들었는지 그날 밤에는 자는 동안에도 둘이 꼭 끌어안고 놓지를 않았어요. 그렇게나 아저씨를 잘 따랐어요. 그 일에 대해서라면 저도 항상 고맙게 생각해 왔고요.」

대강의 상황을 전해 듣던 어머니는 마실 만한 것을 사오겠다고 했습니다. 여자의 말이 다 끝나기도 전에 대접할 만한 게 없다고 하더니 나가 버렸습니다. 우리 가족으로서는 염려될 만한 것이 없었거든요. 왜겠습니까. 어머니도 알고 있던 겁니다. 아버지가 절대 그럴 사람이 아니라는 것을요.

「그런데요, 오늘 아침에 그 애들이 그래요. 댁의 아버님이 그걸 들고 가시는 걸 봤다고.」

나는 우리 아버지를 잘 압니다. 하지만 선생님, 그런 주장의 근거는 또 무엇이겠습니까. 가족이어서? 그게 정말 이유가 됩니까. 평생을 같이 살았다. 그러므로 그럴 사람이 아니라는 것을 나는 보증한다. 그런 논리가 가능합니까. 정말 나는 알고 있던 게 맞을까요. 다 알고 있다면서 왜

그 여자가 말하는 동안 줄곧 아버지의 표정을 살폈던 겁니까. 혹시라도 초조해 하거나 불안한 태도를 보이지는 않을까. 괜한 꼬투리를 잡히게 행동하지는 않을까. 그러나 내 아버지는 줄곧 편안해 보였습니다. 지금 생각해 보면 그렇게 편하게만 두어서는 안 될 일이었습니다. 정말 내가 아버지를 믿었다면 그 순간에 나는 화를 내야 했습니다. 아버지보다 먼저 무슨 짓이든 해야 했거든요. 당신 이거 다 명예 훼손이고 생사람 잡는 거다. 아버지가 안방에서 순순히 가방을 들고 나오게 할 일이 아니었습니다. 감색의 네모난 그 서류 가방을요. 여자는 아버지가 내놓은 가방을 바로 알아보았습니다. 어떻게 된 일이냐고 내가 물어도 아버지는 편하게 웃고만 있었습니다.

「주웠다. 아직 쓸 만한 것이 버려져 있기에 내가 먼저 주웠어.」

우리 집의 식탁에는 높이와 모양이 서로 다른 의자가 모두 넷입니다. 본래 쓰던 것을 버리고 아버지가 주워 온 것들만 남은 탓입니다. 겨울에는 아버지가 자주 외투를 걸어 두는 자리이기도 했습니다. 짝이 맞지 않은 단추를 달

아 놓은 것은 내 어머니입니다. 일하는 아파트에 그런 것이 많다고 했습니다. 누구든 가져갈 수 있었고 먼저 주워 오지 못한 것을 두고 아까워하는 아버지를 나는 여러 번 보았습니다. 그리고 이번에는 그 가방을 주웠던 것입니다.

「그러지 좀 말아요. 왜 자꾸 이런 걸 집에 가져와요.」

나는 아버지를 타박했습니다. 남이 버린 것을 자꾸 가져다 쓰다 보면 사람을 궁색하게 만들기 때문에 그러지 말라는 뜻에서였습니다. 무엇보다 물건을 버린 당사자가 앞에 있었습니다. 구질구질하고 부끄러웠습니다. 가죽으로 된 그 가방은 귀퉁이가 해졌으나 여전히 고급스러워 보였습니다. 내 눈에도 좋아 보인다는 그 사실이 나는 가장 부끄러웠습니다. 그러나 그 여자는 우리 집안의 사정 같은 것은 전혀 개의치 않았습니다. 안감을 확인하고 주머니를 뒤져 가방에서 아버지의 물건들을 하나씩 꺼내 놓기 바빴습니다. 쏟아 내는 것에 더 가깝게 서둘렀습니다. 그러고는 물었습니다.

「반지는요? 반지는 어디 있어요?」

CCTV에 찍힌 아버지는 좋아 보였습니다. 재활용품을 모아 놓은 분리수거함에서 페트병과 유리병, 종이나 비닐류를 분류하고 있었는데 거기서 가방을 골라내는 아버지가 그렇게 좋아 보일 수 없었습니다. 어깨끈을 조절하고 길이를 맞춰 메어 보기도 했습니다. 아버지는 그곳에서 가방을 주웠습니다. 그러나 반지까지 버린 것은 아니라고 여자는 주장했습니다. 「누가 그걸 버려요. 나는 안 그래요.」 그러니 반지는 돌려줘야 한다고 했습니다. 버린 물건을 가지는 것과 잃어버린 걸 가진다는 건 전혀 다른 문제이니까요. 법조계에 있다던 그 여자의 남편 말에 의하면 유실물을 함부로 다루면 범죄가 된다고 하더군요. 점유이탈물횡령죄. 사람을 주눅 들게 만드는 단어였습니다. 그러나 아버지의 경우는 사정이 더 복잡했습니다. 절도가 될 수도 있다고 했습니다. 의도적으로 남의 물건을 돌려주지 않는 것은 문제의 소지가 더 크다고 말입니다. 그러나 아버지는 처음부터 반지 같은 건 없었다고 말했습니다. 한번 본 적도 없는데 어떻게 훔치나. 여자 쪽에서는 믿으려고 하지 않았습니다만 몇 차례 더 경찰 조사를 받는 동안 아버지의 혐의를 입증할 수 있는 증거는 어디에도 없었습니다. 주웠을 뿐, 법적으로 훔친 것은 전혀 없었다는 뜻입니다. 그러나 그것과는 별개로 다시 아파트를 나가려는 아버지를 나는 말려야 했습니다. 나는 떳떳하다. 그러니 거기서 계속 일하지 못할 게 없다. 주워 온 의자에 앉아 저녁을 먹는 내내 고집을 피우던 아버지를 나는 어떻게든 말렸어야 했습니다. 아버지는 떳떳했으나 아파트의 주민들은 그렇게 생각하지 않았습니다.

아버지는 그 아파트 옥상에서 떨어졌습니다. 도대체 아버지를 죽인 것은 누구입니까. 경찰은 자살이라고 했습니다만 그렇게 된 동기라는 것이 있지 않겠습니까. 누군가는 그 동기에 책임을 져야 하지 않느냐는 겁니다. 아무 잘못도 하지 않는 사람이 왜 죽어야 합니까. 아버지를 마지막으로 본 사람이 있었습니다. 마흔 중반의 그 남자가 순찰을 돌던 아버지와 마주한 것은 늦은 밤이었습니다. 술에 취해 화단에서 졸고 있던 남자를 아버지가 흔들어 깨웠던 겁니다. 여기서 이러고 있으면 안 된다고 말한 것은 그 남자였습니다. 또 뭘 훔치려고 여기 있나. 지키라고 내가 돈을 주는데 내 관리비에서 그거 다 나가는데 이거 뭐 경비가 아니라 도둑놈이네. 그러고는 때렸습니다. 사람이 부끄러운 줄 몰라. 화를 내면서 부축하는 사람의 뒤통수를 두 번. 그런 짓을 하고도 고개를 숙이지 않는다고 수치심이 생길 정도로 힘껏. 그것도 뒤통수를요.

「보세요. 이 새끼가 아버지를 때리잖아요. 이것 때문에 사람이 죽었는데 뭐라? 죄가 없어?」

그러나 CCTV에 찍힌 장면만으로는 직접적인 사인이 되지 않는다고 했습니다. 경비실에 앉아서 오래 뒤통수를 만지작거리는 아버지를 나는 보았습니다. 그런 행동에는 사람을 집중하게 만드는 힘이 있습니다. 한번 시작하면 좀처럼 멈출 수가 없거든요. 소리도 없는 화면 속에서 서럽게 울고 있던 아버지는 날이 밝은 뒤에야 뒤통수가 함몰되어 발견되었습니다. 탁, 탁, 두 번 쳤을 뿐인데 머리가 다 깨진 채로 죽어 버렸습니다. 아버지를 때린 남자는 반지를 잃어버린 여자와는 아무 상관도 없는 사람이었습니다. 그런데도 왜 화를 냅니까. 자기도 보지 못한 반지가 가방 속에 있었을 거라고, 그걸 아버지가 훔친 거라고 믿은

근거는 다 무엇입니까. 왜 그 여자 말만 맞는다고 믿는지 나는 모르겠습니다. 경찰서에서 남자는 미안하다고 했습니다. 너무 취해서 그랬다고. 일이 이렇게 될 줄은 전혀 몰랐다고 말입니다.

선생님, 우리 아버지는요 정말 그럴 사람이 못 됩니다. 그러나 무엇으로 그걸 증명하겠습니까. 경찰 조사에서 아버지의 잘못을 입증할 만한 증거는 발견되지 않았습니다. 그런데도 왜 다른 사람 눈에 비친 아버지는 모두 의심스러웠던 겁니까. 발견되지 않았을 뿐 훔친 것이 맞는다는 확신이 어디에서 비롯된 겁니까. 내게는 장애가 있습니다. 장애를 발견한 것은 아버지가 돌아가신 지 한참 뒤의 일이지만 그럴 만한 증상들은 얼마든지 있었습니다. 남색을 보듯 나는 보라색을 보는 사람입니다. 그러니까 말입니다. 어쩌면 이것은 선천적인 문제고 그러므로 나는 아버지에 대해 줄곧 잘못 알고 있던 것 아닌가. 내가 아는 사람이 실제로는 달랐던 게 아닌가. 요즘 나는 부쩍 그런 의심이 듭니다.

*

다시 이 사진을 보시겠습니까.

어딘가 이제 달라 보이지 않나요. 여전히 그렇습니까. 혹시 전에 본 적이 있는, 아는 개입니까. 처음 보는 이것이 그런데 어떻게 개라고 확신합니까. 그러면 이건 어떻습니까. 선생님 앞에서 네 발로 기는 나는 지금 무엇으로 보입니까. 지금 나를 어떻게 보나요. 내게 그걸 설명할 수 있습니까. 아니요, 똑같다는 말이 아닙니다. 내 눈에도 개와 고양이는 정말 달라 보이거든요. 문제는, 그렇다면 어째서 이 둘은 모두 개라고 부르냐는 겁니다. 하나는 주둥이가 길고 다른 것은 전체적으로 납작한 두상을 가진 것이, 서로 이렇게 다른데. 뭐라? 짖는다고요? 개는 짖고 고양이는 울어요? 그래요? 정말 이 사진 속의 동물들이 선생님 귀에는 들린다는 겁니까. 어떻게 짖지도 않는 사진 속의 동물을 구분합니까.

〈보통의 개들은 대개가 이렇게 생겼다〉라고 했습니까. 이 말을 나는 기다렸습니다. 결국엔 선생님도 그렇게 대답할 거라는 걸 나는 알고 있었거든요. 장애를 가진 뒤

로 나는 자주 묻습니다. 개라는 것은 정말 무엇인가. 그리고 그때마다 사람들은 보이는 것을 말해 주는데 하나도 틀리지가 않아요. 내가 보는 것을 모두가 함께 보는데 그래서 이것이 개라니요, 당신이 설명하는 것은 고양이일 수도 있는 거 아닙니까, 나는 되묻습니다. 누군가는 화를 냅니다. 대부분에게는 미친 사람 취급을 당하고요. 그러니까 어떻게 다릅니까. 자기도 설명하지 못하면서 왜 맞는다고만 우기는 겁니까. 우리 모두가 같은 것을 보고 같은 지점에서 긍정하는데도 왜 나만 틀립니까. 우리는 이제껏 같은 말만 하는데 왜 하나는 잘못되었다고 합니까. 아닐 수도 있잖아요. 내가 맞을 수도 있는 거 아닙니까. 왜 한 번도 그걸 의심하지 않나요. 진짜는 내가 보지 못한 어떤 것이 있을 수도 있을 텐데, 그럴 수도 있지요. 내가 잘못 볼 수도 있잖아요. 그런데 왜 다들 그건 말하지 않고 내가 보는 것을 그대로 보면서 나만 틀렸다고만 합니까. 왜 나만 그렇습니까. 보통의 개라니, 무슨 대답이 그래요. 평범하다는 말입니까, 원래 그렇다는 겁니까. 그런데 그런 건 없지 않나요. 다들 자기 입장에서 보이는 것을 보는 거 아닙니까.

나는 머리를 다쳤습니다. 이후로 이렇게 되어 버렸거든요. 그날은 들어온 물건이 많아 일손이 부족했는데 매니저도 일을 거들다가 턱에 걸려 넘어졌습니다. 뒤따르던 나도 같이 구르는 바람에 거기서 머리를 다쳤습니다. 그러니까 이런 상황에서라면 내가 화를 내야 하는 거 아닙니까. 넘어진 것은 난데 머리가 깨진 것도 나고 그것 때문에 이렇게 개와 고양이도 구분하지 못하는 장애를 앓는 것은 모두 나인데, 매니저란 놈이 뭐라는 줄 압니까. 자기도 다쳤다는 거예요. 보라고 무릎을 내밀며 자기도 아프다고. 그게 무슨 소리입니까. 왜 사람들은 그런 말을 하나요. 머리와 무릎. 어디가 더 아프겠습니까. 나도 놀랄 정도로 큰소리를 질렀습니다. 내가 더 아프다. 그러니까 뭐라는 줄 압니까.

「누가 거기 있으래?」

왜 나는 이런 말을 들어야 합니까. 보통은 그렇습니까. 보통은 내가 더 억울해야 하는 겁니까. 보통이라. 도대체 그 보통이란 것은 또 무엇입니까. 보통의 개라는 것은 무엇으로 결정됩니까. 비용 같은 겁니까. 적당한 선에서 고르는 기준. 그런 게 있다는 겁니까. 비싸지도 저렴하지도 않는 어느 중간의 선. 그러니까 그런 것은 누가 정하는 겁니까. 실은 모두 각자의 기준에서 보통이 아닙니까. 내가 살 수 있는 형편에서의 남색과 선생님의 남색은 다르지 않나요. 가장 남색은 아니지만 보랏빛이 도는 그런 것. 나는 겨우 그런 것에 만족해야 합니다만 선생님은 다르지 않습니까. 내 아버지는 버린 물건을 줍는 것에 아무런 부끄러움이 없던 사람입니다. 그러나 그것은 훔치는 일도 아무렇지 않게 한다는 뜻은 아니잖습니까. 아니면 보통은 줍는 사람이 훔치기도 하는 사람이라서 내 아버지를 믿지 않았던 겁니까. 선생님이 한번 대답해 보세요. 누가 더 잘못한 겁니까. 누가 문제를 일으켰나요. 잃어버린 쪽이 처음부터 잘못 아닙니까. 자기 물건 하나 간수하지 못하고 왜 애꿎은 사람에게 피해를 준답니까. 사정이 이러한데도 오히려 자기들이 더 화를 내요. 당신은 틀렸다. 내가 보는 것이 옳다. 옳은 것을 나는 본다. 그러면 나는 어떡합니까. 정수리나 만지작거리며 뭐든 집중하는 것이 다 그런 이유에서입니다. 그걸 다 나 혼자 해야 하거든요.

그런데 왜 자꾸 이쪽을 봅니까.

이것.

이 가방.

내가 들고 다니기에는 너무 고급스러워 보입니까. 그렇습니다. 이게 문제의 그것입니다. 그 여자가 버렸고 아버지가 주워 온 그 가방입니다. 선생님은 이렇게 멀쩡한 것을 버리는 쪽입니까, 줍는 쪽입니까. 그날 반지를 찾지 못한 여자는 가방을 도로 챙겨 가지 않았습니다. 정말이지 버리고 간 것입니다. 장례가 끝나고 그들 부부가 다시 찾아왔습니다. 인터넷에는 이미 내 아버지에 대한 기사가 올라와 있었고 그들도 그것을 읽었다고 했습니다. 상황이 아주 난처해졌다고도 했습니다. 인터뷰의 내용을 짚어 가며 이런 식이라면 명예 훼손이 될 수 있다는 말에 어머니는 크게 놀랐습니다. 무엇보다 그들이 준비한 서류에 적힌 위로금의 액수가 더 놀라웠습니다. 아버지를 비용으로 환산한 수치는 내가 생각했던 것보다 훨씬 큰 단위였습니다. 이런 사람이 왜 버려진 것을 줍고 다녔는지 모를 정도로 비쌌거든요. 법조계에 있다던 남편의 말투는 부드럽고 조리가 정연했습니다. 그게 그렇게나 매정하게 들릴 수 없었습니다. 도의적인 행동일 뿐 법적인 의무는 없다고 했습니다. 이것으로 더 이상의 문제 제기는 없어야 한다는 게 요지였습니다. 그리고 그 순간을 집중하는 어머니를 나는 보았습니다. 멍하게 한곳만 응시하는 그곳을 나도 따라 보았습니다. 그러니까 그 여자가 끼고 있던 반지를 우리는 함께 보았던 겁니다. 물론, 그것은 그 여자가 잃어버린 것이 아닐 수도 있습니다. 반지 같은 건 얼마든지 더 가지고 있고, 아니라면 새로 구입한 것일 수도 있겠지요. 그게 가능할 사람들이었습니다. 그렇게 우리와는 달랐습니다. 어머니는 잠깐 자리에서 일어났다가 돌아왔습니다. 그러고는 서류에 찍을 도장을 찾는답시고 그들 앞에서 뒤적인 것이 무엇인 줄 압니까. 그렇습니다, 바로 이 가방입니다.

*

선생님, 이제 내가 억울해하는 이유를 알겠나요?

그날 내가 했던 말의 의도를 이해할 수 있어요?

나는요, 사람들이 좀 이상하다고 생각합니다. 무슨

말이든 자기가 맞고 내 말은 다 틀리다고만 해요. 뭐가 다른지 설명도 하지 못하면서 그냥 다르다고 화를 냅니다. 선생님만 해도 그래요. 왜 여전히 화난 표정으로 나를 보나요. 전단지를 나누어 주던 여자에게 그런 말을 한 건 내가 맞습니다. 그래서 그게 뭐가 잘못인가요. 내가 뭘 잘못했는지 설명을 해보세요. 그러니까 그날, 선생님이 본 것은 무엇입니까. 내가 본 것과 어떻게 다릅니까. 어떻게 다르기에 나만 해고되는 겁니까. 그 여자는 우리 매장에 피해를 입힌 사람이잖습니까. 선생님도 그걸 보지 않았습니까.

그날, 나는 바로 이 자리에서 느리게 달리는 야생 동물을 시청하고 있었습니다. 밝고 깨끗한 화면, 우수한 명암 대비, 넓은 시야각과 직관적인 기능. 물건을 내려놓고 진열된 상품들을 구경하던 중이었습니다. 초고속으로 식물들의 생장 과정을 촬영한 장면은 오래 보아도 질리지 않았습니다. 이곳은 생각할수록 이상합니다. 매장은 넓고 선반마다 물건들이 많아서 이걸 다 어디에 쓰나 싶은데 꼭

사가는 사람들이 있잖아요. 사는 데 이렇게 많은 것들이 필요하나, 싶을 정도로 종류가 많아요. 내게는 전혀 필요하지 않은 것들을 누군가는 구입하는 것들이잖습니까. 그런 생각이 듭니다. 어쩌면 내가 너무 몰랐던 게 아닐까. 뭐가 필요한 줄은 알고 살았어야 하는 거 아닌가. 불편하면서 불편한 것도 모르고 불필요하다 오해한 채로 그냥 살기만 했다, 뭐 그런 생각들을 말입니다. 그러다 보면 사람이 진지해져서 무언가 억울한 기분이 들고 화도 나고 왜 나만 몰랐나, 모르고 살아서 그런가, 그래서 당하고만 살았네, 사람을 아주 졸로 보고 무시하고 왜 내게 화를 내나, 내가 뭘 잘못했다고 내가 세상 가장 억울한 사람인데, 먼저 화를 내지 못했던 것들이 생각나서 두고두고 후회가 됩니다.

그런 이곳에서 여자는 찾는 것이 보이지 않는다고 했습니다. 카트에 물건을 가득 싣고 또 뭐가 필요한지 주변을 두리번거리고 있었습니다. 완구류와 냉동식품 코너를 빠르게 훑으며 아무나 붙잡고 무언가를 묻고 다시 두리번거리기를 반복하면서 지나가고 있었습니다. 나중에는 카트도 버려 둔 채로 온 매장 안을 뛰어다니다시피 했습니다. 그 여자가 나를 붙잡고 물었습니다.

「연두색 원피스를 입었어요. 방금까지 여기 있었는데 못 보셨어요?」

그게 벌써 한 달쯤 전의 일입니다. 구내 방송이 여러 차례 이어졌고, 직원들이 함께 찾아 나섰으나 결국 발견되지 않았습니다. 분명 함께 있었다던 아이는 어디로 간 걸까요. 이상하지 않습니까. 그날은 주말이었고 사람들이 그렇게 많았는데 아무도 보지 못했다고 했습니다. 사흘 뒤에 매장 입구 쪽으로 현수막이 걸린 다음부터 여자는 매일같이 이곳에서 전단지를 나누어 주기 시작했습니다. 거기에는 어린 여자아이의 사진이 있었고 당시 입고 있었다던 옷차림, 체격은 약간 통통한 편에 긴 머리, 같은 인상착의가 적혀 있었습니다. 여자를 제법 닮은 얼굴이었습니다. 그러나 실제로 그 아이가 시식 코너 같은 데서 나타난다고 하더라도 누가 알아보겠습니까. 그 나이의 통통하고 긴 머리의 여자아이가 얼마나 많은데요. 더구나 그마저 주의 깊게 보는 사람이 드물었습니다.

이후로 나는 그 여자를 자주 지켜보았습니다. 매장 안

에 들를 일이 있을 때마다 어디서 무얼 하고 있는지 찾게 되더군요. 사람들이 보이는 대로 찾아가 전단지를 들려 주고 비슷한 나이의 여자아이를 빤히 쳐다보다가 부모들의 경계를 받기도 했습니다. 완구류 코너에서 무언가를 들었다 놓기를 반복하던 날에는 푸드 코트에서 2인분의 식사를 홀로 하는 것을 목격한 적도 있습니다. 내가 왜 그랬을까요. 왜 그 여자를 줄곧 지켜보고 있었던 걸까요. 무엇이든 있을 것 같은 이곳에서 없는 것을 찾는 그 여자를 보고 있으면 나는 기분이 참 이상했습니다. 집중하게 된다고 할까. 자꾸 잊어버려요. 감정 같은 거. 나만 혼자 불행하다는 억울한 기분 같은 거.

한번은 빈 카트 앞에서 여자가 오래 머물러 있었습니다. 그 안에서 구겨진 전단지를 주워 담고 있었습니다. 내가 그것을 함께 모아 건네주자 여자는 과하게 고개를 숙여 받더군요. 작은 호의에도 지나치게 감사하는 사람이 이미 되어 버렸던 겁니다. 그리고 무엇보다 전단지의 접힌 쪽을 다시 반듯하게 펴려고 하는 여자의 집착을 나는 발견했습니다. 이런 부류의 사람들이 그렇거든요. 어디에든 정신을 집중할 만한 것을 만들어야 해요. 바로 그 순간만큼은 가장 중요하다고 믿을 만한 어떤 것. 나는 그것을 가만 두고 보았습니다. 그리고 얼마 지나지 않아 여자가 입을 열었습니다.

「어제는 젊은 엄마가 화장실에서 애를 때리더라고요. 빡을요. 작은 남자애였는데 어찌나 사납게 우는지 때리니까 애가 더 울잖아요. 그런데도 애 엄마는 태연히 손을 씻더라고요. 애는 울고 화장실 안이 요란한데도 정말 가만 두고만 있는 거예요. 변기에 앉아서 그걸 듣고 있자니 너무 서러웠어요. 그 여자가 부러웠거든요. 나도 우리 애를 때릴 수 있다면 좋겠다. 눈앞에서 우는 애를 모른 척하고 싶다. 아무것도 모르고 손을 씻는 그 여자가, 그때 나는 정말 되고 싶었거든요. 그러고는 자꾸 그런 생각이 드는 거예요. 그때 내가 왜 그랬을까. 도대체 어디서부터 손을 놓쳤던 걸까. 그런데 이상하게 그건 하나도 기억에 없고 조린 우엉과 깻잎 중에 어떤 게 좋을까, 김밥에 넣을 속 재료 같은 것만 떠오르는 거예요. 정작 그걸 먹어야 할 아이는 버려 두고 다음 날 유치원 소풍 준비로 정신이 없었거든요. 무슨 생각으로 내가 그랬던 건지 정말 모르겠어요. 내가 왜 그랬을까. 우리 애한테 그게 너무 미안해요.」

그런 말을 하는 그 순간에도 여자의 손은 여전히 전단지의 접힌 쪽을 문지르거나 비비기를 멈추지 않았습니다. 가까운 곳에서 누군가의 카트가 채워지고 무언가 필요한 사람들로 주변이 북적이는데도 우리는 아주 동떨어진 세계에 들어와 있는 것처럼 슬펐습니다. 선생님, 나 같은 사람들은 이 여자에게 지금 무엇이 필요한지 너무 잘 압니다. 남색의 겨울 이불 같은 것을 고를 능력은 없습니다만, 이 경우는 다르거든요. 사람들이 왜 남의 일에 무관심한 줄 압니까. 그게 자기하고는 멀어 보여서 그래요. 각자의 기준에서 보면 딱하기는 하지만 지금 해야 할 일이 더 급하고 절실한 줄 알아요. 더구나 그게 내 일이 될 수도 있다는 걸 모르거든요. 정말 몰라요, 몰라서 그래요. 모르니까 확신합니다. 그런데 나는 알거든요. 세상 가장 억울한 사람이 바로 나라고 믿어 왔습니다. 그 아파트 주민들만 생각하면 억울해서 화가 났습니다. 그런데 그럴 만한 게 없는 사람은 어떡합니까. 탓할 곳도 없고 화낼 만한 데도 없어서 모두 자기 잘못으로 돌리는 이 여자는 어떻겠습니까. 우리 중 누가 더 딱하다는 말이 아닙니다. 여자의 일은 너무나 개인적인 것이라 나로서는 도무지 이해하기 힘들고 가늠하기 불가능하겠지만 그럼에도 불구하고 견딜 만한 무언가가 필요하지 않겠어요? 나는 그걸 할 수 있어요. 기운을 내라, 이런 빤한 말에 힘을 실어 줄 수 있는 사람이 나입니다. 나는 아버지를 잃었고 장애를 얻었습니다. 내 말의 무게감은 남들의 그것과는 달라요. 울고 있는 여자에게 내 사정을 들려주고 싶었습니다. 나의 장애에 대해서, 우리 아버지가 돌아가신 사연에 대해. 그게 어떤 식으로든 그 여자에게 도움이 되지 않겠나 생각했던 겁니다. 나는 여자의 손을 잡아 주었습니다. 당신은 혼자가 아니다. 우리는 함께 아프다. 그러나 여자는 그것을 완고하게 거절하더군요.

「그래서요?」

내 이야기를 모두 들은 여자가 되물었습니다. 전단지를 쥔 손에 힘이 들어갔는지 그게 다 구겨지는 것도 모르고 나를 빤히 바라보는 겁니다.

「그래서 도대체 무슨 말이 하고 싶은 건데요?」

좀 전과는 아주 달라진 태도였어요. 불쾌해한다고 할까, 억울해한다고 할까. 내 말의 진의는 안중에도 없이 그대로 자리에서 일어나 나와는 경우가 아주 다르다며 정색을 하는 겁니다. 맞아요, 화가 나 있었어요.

「미안하지만, 나는 당신만큼 불행한 게 아니에요. 우리 애는 돌아올 거거든요. 당신 아버지처럼 죽은 게 아니잖아요? 그러니까 우리는 상황이 달라요.」

도대체 무엇이 여자를 기분 나쁘게 한 걸까요. 그 여자는 왜 남의 호의를 그렇게 받아들인 걸까요. 나로서는 황당한 일이지 않겠습니까. 내가 뭘 잘못했기에. 아무래도 내 잘못을 모르는 게 잘못인가. 아니면 그냥 화를 내고 싶은데 하필 내가 거기 있어서 그러는 건가. 실은 나 때문에 화가 난 게 아닐지도 몰라요. 그냥 그러고 싶었던 것일 수도 있을 텐데, 그렇다고 하더라도 왜 하필 그게 납니까. 왜 나를 함부로 대한다는 겁니까. 내가 그래 보입니까. 내가 만만해 보이니까 사람들이 다 그러는 겁니까.

나는 곧장 여자를 뒤따라갔습니다. 그런 의도가 전혀

아니다, 왜 지레짐작으로 사람을 나쁘게 만드나. 이봐요 그런 말이 아니에요, 아니라니까요. 무슨 말로든 해명하고 싶었으나 아무 말도 들으려 하지 않았습니다. 그럴수록 오히려 여자는 불쾌한 기색을 노골적으로 드러냈습니다. 이상하게도 내가 아니라고 주장할수록 정말 무슨 불순한 의도를 가진 사람인 양 되어 버리는 겁니다.

「알았어요, 알았으니까 이제 그만하라고요.」

여자가 소리쳤습니다. 그 소리에 사람들의 고개가 우리 쪽으로 향했습니다. 지금껏 관심도 없던 사람들이요. 전단지 같은 것에는 하나도 주의를 기울이지 않던 그 고객들이 우리 주변을 에워싸고 지켜보기 시작했던 겁니다. 그러나 그것과는 상관없이 나는 어쨌든 오해를 풀어야 했거든요. 억울하잖아요.

「제발 내 말 좀 끝까지 들어 봐요.」

그럴수록 여자는 더 화를 내고 사람들은 더 모여들고, 선생님도 거기 있지 않았습니까. 바닥에 그대로 주저앉은 여자를 부축하고 등을 두드리며 위로한 것도 선생님이잖아요. 마트 로고가 새겨진 빨간 조끼를 입고 있던 선생님이 내게 그만 두라고도 하지 않았습니까. 그런데 뭘 말입니까. 도대체 내가 뭘 했다고. 돌아가는 상황이 어딘가 나를 더 억울하게 만들었습니다. 여자는 점점 더 큰소리로 나를 몰아붙이기만 했습니다. 누구도 내게 어떻게 된 일인지 묻지 않았습니다. 이상한 눈길로 쳐다보며 수군거리기만 했습니다. 그걸 나도 들었거든요. 그러니까 아무것도 모르면서 어떻게 내가 그 여자에게 잘못이 있다고 확신하는 건지 나는 잘 모르겠습니다. 정말이지 내가 가장 억울하다, 지금 가장 화를 내야 할 사람은 나다, 소리치고 싶었습니다. 그러나 정작 내 입에서는 너무 뜻밖의 소리가 튀어나오는 것이지 않겠습니까. 여자의 손에서 전단지를 뺏던 나의 태도가 단호했습니다. 왜 여기서 이러나, 남의 영업장에서 뭐하는 짓이냐.

「그러게 누가 잃어버리라고 했어요? 당신이 잃어버리고 왜 애꿎은 사람들에게 피해를 줍니까?」

내가 진짜 하고 싶었던 말은 이게 아니었습니다.

그런데요, 이 말도 전혀 틀린 건 아니지 않나요? 선생

님도 그 상황을 다 지켜보지 않았습니까. 어떻게 말을 전했기에 나만 해고되는 겁니까. 무슨 이유로 윗사람들이 내 말은 하나도 듣질 않고 선생님의 말만 믿는 겁니까. 내가 보았던 걸 선생님도 다 보셨잖아요. 그 여자 때문에 우리 고객들이 불편해하지 않았습니까. 이곳에 오는 사람들은 필요한 걸 찾으러 오는 사람들이지, 남이 원하는 걸 찾아주는 사람들은 아니잖아요. 나는 그걸 지적했을 뿐입니다. 그런데도 어째서 내가 잘못했다는 겁니까. 그게 어떻게 틀린 말입니까. 무엇보다 잃어버린 것이 잘못이라고 선생님도 그러지 않았습니까. 내 아버지의 경우에서 선생님도 긍정하지 않았습니까. 그것이 어떻게 다릅니까. 달라요? 아버지는 아버지고, 그 여자는 그 여자라고요? 그게 어떻게 다릅니까. 그것을 내게 설명할 수 있습니까. 아니라면 우리 아버지는 어떻게 되는 겁니까. 억울한 게 아니라는 말입니까. 잃어버린 쪽의 잘못이 아니면 내 아버지는 왜 죽은 겁니까. 그게 다 아버지 탓이라고요? 대답을 해보세요, 선생님. 같은 직원끼리 왜 자꾸 선생님이라고 부르냐니요? 왜요, 이게 그렇게 부담스러워요? 무얼 부르든 호칭이 뭐가 중요합니까. 중요한 것은 선생님이 그때 무엇을 보았는지 제대로 모른다는 겁니다. 무얼 보고 들은 겁니까. 이봐요, 지금 내 말을 듣고 있어요? 왜 나를 그렇게 보는 겁니까. 개가 짖듯 왜 귀를 막습니까.

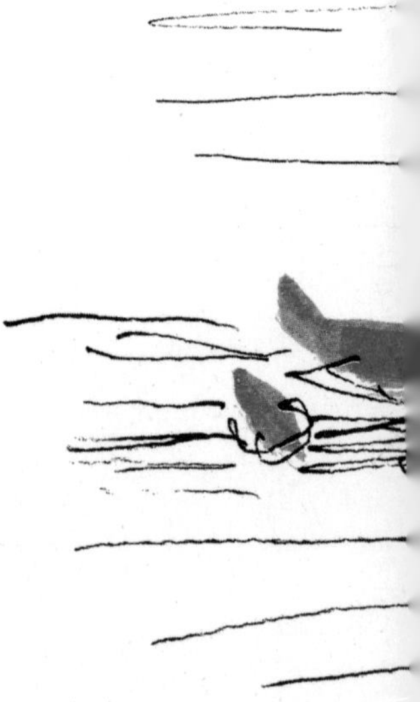

“결국 모든 이야기는 쓰고 있는 〈나〉에 대한 것”

임현

「목견」의 이야기는 어디서, 어떻게 시작되었나?

개와 고양이를 구분하는 일은 매우 직관적인 문제인 듯 보이지만, 그것을 설명하는 일은 좀처럼 단순하지가 않다. 어쩌면 우리가 당연하게 여기는 문제들도 그런 종류의 것이지 않을까. 명백하고 더 의심할 바 없는 일들조차 실은 우리가 그냥 그렇다고 믿어 버린 것은 아닐까. 이런 생각을 나는 매우 자주하는 편이고, 그런 것 중 어느 것은 무언가를 쓰게 한다. 「목견」도 그렇다.

본인이 생각하는 이 이야기의 중심은 어디인가?

〈당신은 틀렸다. 내가 보는 것이 옳다. 옳은 것을 나는 본다.〉 이러한 전개가 어떻게 가능한지 「목견」을 통해 보여 주고 싶었다.

어떤 장면이 가장 마음에 남는가?

아버지가 돌아가신 뒤, 어머니의 돌발적인 행동들. 매듭이 풀리지 않은 비닐 봉투를 두고 씨름하는 장면들. 어떤 사람들에게는 그런 불필요한 노력이 중요한 의미를 가질 때가 있다. 〈나〉에게는 정수리의 상처를 만지는 일이 그렇고, 아이를 잃어버린 여자에게는 전단지의 접힌 쪽을 반듯하게 펼치는 일이 그렇다.

소설 제목은 어떻게 나오게 되었나?

목견은 〈目見〉이면서 동시에 〈目犬〉. 제목이 곧 내용.

〈믿을 수 없는 화자〉가 등장한다. 캐릭터 덕분에 이야기가 더 입체적이 된다. 화자를 설정할 때 가장 신경 썼던 부분이 무엇인가?

〈믿을 수 없는 화자〉를 우선 〈믿을 만한 화자〉로 독자에게 소개하는 일. 신뢰를 쌓는 게 먼저다.

화자를 설정할 때 어떤 것을 염두에 두는가?

나름의 논리를 만들어 주려고 한다. 되도록 그럴 듯해 보이는 말들로 채운 뒤, 여기에 비약과 왜곡을 더하면 사건이 발생한다.

최근의 화두는?

상대방이 듣고 싶어 할 만한 말을 들려주는 것도 나쁘지 않은 편이라고 생각한다. 그런데 그 사람은 도대체 무슨 말이 듣고 싶은 거지? 언제나 나는 그게 가장 궁금하다.

김혜리의 일러스트를 보고 본인이 생각했던 이미지와 어떻게 같고 어떻게 달랐나?

무엇을 따로 상상하지는 않았는데, 무얼 상상했던 지금보다 부족했을 것 같다. 「목견」과 붉은 색감이 몹시 잘 어울린다.

이야기를 짓는 것이 어떤 즐거움을 주는가?

소설 한 편을 쓰고 나면, 다음엔 무얼 쓸 수 있을지 늘 고민이 된다. 고민이 오래 가면 몸이 아프다. 허리도 아프고, 손목도 아프고, 두통에 시달리다가 원형 탈모까지 생긴다. 도무지 즐거울 수가 없는 종류의 일이다. 그럼에도 내 건강과 바꿔 가며 쓴 소설들이다. 즐겁지는 않아도 애정할 수밖에 없다.

소설에 확신이 들지 않을 땐 어떻게 하는가?

소설이 써지지 않으면 써질 때까지 쓰는 것 외에 달리 방법이 없다. 확신이 들지 않는다고? 확신이 들 때까지 쓰는 수밖에. 그러나 대개는 확신보다는 그 근처 어디쯤에서 화해하고 양보하게 된다.

임현에게 〈소설〉은 무엇인가?

소설은 쓰는 것보다 읽을 때 더 즐겁다. 남의 소설이 더 재밌다. 다만, 내가 쓴 소설도 누군가에게는 남의 소설이 될 수 있지 않을까, 그런 기대감이 나를 계속 쓰게 만든다.

〈소설〉은 현시대에 어떤 힘을 지니고 있다고 생각하는가?

살면서 중요한 일들은 수두룩하다. 중요한 것은 말 그대로 중요한 것들이라, 돈이거나 건강이거나 안전, 환경도 될 수 있고 아무튼 무엇 하나 소홀히 할 수 없는 것들이다. 다만, 중요한 것들만 자꾸 중요해진다는 것은 필연적으로 덜 중요한 것들을 소외시킬 수밖에 없다는 점. 그게 중요한 대화 중에는 잘 들리지 않는 목소리일 수도 있고, 맥락이거나 장면 아니면 아직 따로 뭐라 이름 붙이기 어려운 잡다한 것일 수도 있다. 무엇보다 무엇이 중요하지 않은지는 좀처럼 알기 어렵다. 〈중요하지 않은 것들〉은 좀처럼 발견하기 어렵고, 〈무엇이 중요하지 않는가〉를 살피는 그 순간에서야 비로소 〈중요한〉 의미를 갖는다. 그리고 나는 세상에 왜 그토록 많은 소설들이 쓰였는지를 생각하면, 어쩌면 바로 이런 이유 때문이 아니었나 싶다.

좋아하는 단편 소설을 꼽는다면?

최민우의 「달밤에 고백」. 두 번 읽어도 좋았고, 세 번 읽을 땐 더 좋았다.

어떤 이야기를 쓰고 싶나?

모든 이야기는 쓰고 있는 〈나〉 자신에 대한 이야기가 아닐까. 그런데 평소에는 아무도 들어주지 않으니까 대신 그걸로 무얼 쓰려고 했던 게 아닐까. 아니라면, 고작 소설을 쓰는 것뿐인데 이토록 외로운 이유가 다 무엇이겠는가. 나를 더 오래 많이 이야기하고 싶다.

“보이는 면과 보이지 않는 면이 담긴 이야기”

김혜리

「목견」을 읽고 가장 먼저 떠오른 이미지는?

사람의 보이는 면과 보이지 않은 면을 잘 묘사했다고 생각했고, 어떤 한 사람이 떠올랐다.

「목견」의 어떤 부분에 가장 마음이 끌렸는지?

첫 문장이 마음에 들었다. 개인적으로 해석한 남자의 시점으로 첫 페이지에 사람들의 얼굴을 표현했다.

평소에 인물을 주로 그리는데, 「목견」 속 인물의 어떤 특징에 주목했나?

표정보다는 소설 속의 남자의 분위기나 감정에 주목했다.

펜 선과 레드 컬러로 그렸다. 이 두 가지 요소로 표현하고자 했던 것은?

주인공의 이야기가 어딘지 불편하게 느껴졌다. 평소에 사용하기 힘들고, 불편했던 색인 레드를 선택했다.

현재 파리에서 지낸다. 그 장소가 그림을 그리는 데 어떤 영향을 주는가?

운 좋게도 다양한 분야의 아티스트를 만나 서로의 생각을 공유하고, 같이 작업도 한다. 그리고 전공자가 아닌 분들과 그림 수업을 하며 조금은 생각이 유연해 지지 않았을까? 하는 생각이 든다.

스타일에 대해서 더욱 고민하는 편인가?

일러스트는 비주얼로 소통하는 매체라 생각한다. 그래서 스타일을 고민을 하지 않을 수 없지만 스타일에만 신경을 쓴다면 빛 좋은 개살구가 되고 만다. 그래서 비주얼과 소통의 밸런스를 잃지 않으려 노력하지만, 시각적인 것에 예민한 사람이라 쉽지는 않다.

그림을 그리면서 감정을 전달하려고 노력하나?

그림을 그리기 전까지는 이성적이려 노력하고, 그릴 때는 감정에 더 충실한다.

그림에 확신이 들지 않을 땐 어떻게 하는가?

그림에 어차피 답은 없고 그 기준은 내 기분이 따라 변하기도 하므로 그런 마음이 들면 계속 그리거나 그리지 않는다.

요즘 관심을 두고 있는 주제나 생각이 있나?

함께하는 것.

색다른 것을 해야 한다는 강박 관념은 없나?

요즘은 너와 내가 이미 너무 다른 색을 갖고 있고 각각 모두가 특별하다는 생각이 든다. 그래서 내가 어떤 색을 가졌는지 그 색을 어떻게 표현하면 좋을지를 더 고민한다.

의뢰를 받아서 하는 작업이 개인 작업에도 도움이 되나?

직접적으로 도움되는 것은 더 좋은 재료를 사고, 커피를 마실 수 있다는 것이다. 또 늘 혼자 작업를 하다가 의뢰받은 일을 하면 다양한 주제, 사람과 함께할 수 있어 좋다.

어떤 종류의 개인 작업을 하는지?

개인 작업은 자연스럽게 하려고 한다. 요즘은 파리에 지내고 있으니까 자연스럽게 파리에 관련된 것을 그리게 된다

화가들에게서 영향을 받은 적이 있는지?

마티스Henri Matisse, 피카소Pablo Picasso, 바스키아Jean-Michel Basquiat, 샤갈Marc Chagall, 데이비드호크니David Hockney.

그림의 아이디어는 어디서 어떻게 나오나?

광범위하다.

어떤 도구를 주로 사용하나? 즐겨 쓰는 재료가 있는지?

다양한 재료를 쓰는 것을 좋아한다. 요즘은 수채화와 만년필을 사용한다.

그리기 과정에서 중요하게 여기는 것은?

즐기는 것.

같이 일해 보고 싶은 문인이 있다면?

프랑스의 아마추어 작가 위그 마리네Hugues Malinet. 프랑스인답게 장르는 블랙 코미디나 섹슈얼한 내용을 다루며, 두 가지 다 관심 있는 주제다.

그림을 그릴 수 없는 상황이 닥친다면 어떤 식으로 〈그림〉에 대한 욕구를 표현하겠는가?

아마도 이 욕구는 창작의 욕구 같은데, 결국은 다른 분야의 창작 활동을 하지 않을까.

임현

2014년 『현대문학』 신인추천에 단편 소설 「그 개와 같은 말」이 당선되어 등단했다. 2017년 젊은작가상 대상을 수상했다. 소설집 『그 개와 같은 말』이 있다.

김혜리

잡지, 책, 벽화, 전시, 인물 일러스트레이션 분야에서 활동하고 있다. 현재 파리에서 아티스트들과 작업하고 있고, 일반인에게 드로잉 기초 수업을 하고 있다.

TAKEOUT 15

목견

글 임현 **그림** 김혜리 **발행인** 홍유진 **발행처** 미메시스

주소 경기도 파주시 문발로 314 파주출판도시

대표전화 031-955-4400 **팩스** 031-955-4404

홈페이지 www.mimesisart.co.kr **email** info@mimesisart.co.kr

ISBN 979-11-5535-145-1 04810 979-11-5535-130-7 (세트)

발행일 2018년 11월 1일 초판 1쇄

이 도서의 국립중앙도서관 출판예정도서목록(CIP)은 서지정보유통지원시스템 홈페이지(http://seoji.nl.go.kr)와 국가자료공동목록시스템(http://www.nl.go.kr/kolisnet)에서 이용하실 수 있습니다.(CIP제어번호: CIP2018031897)

이 책은 실로 꿰매어 제본하는 정통적인 사철 방식으로 만들어졌습니다.
사철 방식으로 제본된 책은 오랫동안 보관해도 손상되지 않습니다.

테이크아웃은
단편 소설과 일러스트를 함께 소개하는
미메시스의 문학 시리즈입니다.

01 **섬의 애슐리** 정세랑×한예롤

02 **춤추는 사신** 배명훈×노상호

03 **우리집 강아지** 김학찬×권신홍

04 **밤이 아홉이라도** 전석순×훗한나

05 **우리는 사랑했다** 강화길×키미앤일이

06 **정선** 최은미×최지욱

07 **뷰티-풀** 박민정×유지현

08 **부산 이후부터** 황현진×신모래

09 **사랑하는 토끼 머리에게** 오한기×소냐리

10 **비상문** 최진영×변영근

11 **몫** 최은영×손은경

12 **문학의 새로운 세대** 손아람×성립

13 **팬텀 이미지** 정지돈×최지수

14 **끓인 콩의 도시에서** 한유주×오혜진

15 **목견** 임현×김혜리

16 **꿈은, 미니멀리즘** 은모든×아방

17 **목격** 김엄지×람한

근간 **이코** 정용준×무나씨

부케를 발견했다 최정화×이빈소연

아무도 없는 숲 김이환×박혜미